이슬보다 먼저

Over a Wall
Poetry
20

Over a Wall
Poetry
20

이슬보다 먼저

김순자 시집

담장너머

시인의 말

詩

풋사과 빨갛게 발효시킨 절정
쭉 쪼개 보면
까맣게 영근 눈동자
명징한 씨알
가슴에 안겨 닿는 흰 살집에서
느끼는 단맛 같은 시를 쓰고 싶다

2014년 10월 9일
김순자

이슬보다 먼저

차례

2부_ 달항아리

이슬보다 먼저

차례

3부_ 시집 속에 넣고 싶은 사람

4부_ 꽃을 만나면

예민한 너늘

나의 누구이기에

턱밑에 와서 이리

우는 것이냐

이슬보다 먼저

1부

이슬보다 먼저

이슬보다 먼저

이슬보다 먼저

기척도 없이 기웃거리다
허공에 이름만 지운 사람이여

그대 촉촉한 미소 마르지 않은 채
흰 손수건 나비같이 날아오릅니다
머물던 당신의 뜨락에
장미꽃 뿌리도 깊숙이 묻혔습니다
빈 그네도 홀로 기다립니다
야밤을 즐기는 적막강산 상현달
가슴에 품고 임일지 임일지도 몰라

말갈기 갈대밭 말굽소리
이슬보다 먼저 서두르리라

봄밤이 초조하다

물방울 같은 그녀처럼
조신한 눈망울에 벚꽃이
필 것 같다

환상이 확대되는 시간
꽃잎 축복처럼 받아 내리는
벚꽃나무 아래

다정히 손잡고 눈빛 마주보며
마음 줄 겨를도 없이 벚꽃은
지고 말았다

절개 깊은 향기
눈에 밟히는 애틋한 꽃잎
이 봄이 초조하다

느낌

목련이 피는
울타리 안을 들여다보면
마음씨 고운 사람의
순결함이 느껴지고

담장을 서로 품으려는 장미 넝쿨
끌어안고 기어오르는
풍경을 보고 있으면
이기적인 것 같아

사람들의 속마음을
보는 것처럼

산이 좋아

갈참나무 비바람에 휘어지고
굽어 기력 다한 것 같아도
등걸마다 의욕 넘쳐
푸른 가지 성성하다

나이 드신 할아버지
기를 받고 싶은지
몸을 기대고 더듬다 내려간다

한결같은 풀잎들
산이 좋아 스스로 푸르고
그대로 소박해서
풀잎에 앉은 아침이슬
더 빛이 나는 숲 속

어느 것에 대하여

삶 속에 빌려 쓴 하루
무사히 돌려보내듯
노을 지는 언덕 넘어
내일을 안고 오는 밤이
물살을 덮는 시간

가로등 불빛이
늘 그랬던 것처럼
강물에 불기둥을 박는다
물살이 흔들릴 때마다
휘어지는 불기둥
곧게 세울 수 있을 것 같아

꼽아보는 하루하루
어느 날 지쳐서
설령 답이 써질지 모른다 해도
나는 내일을 맞이할 것이며
하루의 칸을 가득 채운다

그런 생각이 나·2

단풍드는 잎만으로는
가을 바다 물드는 걸 볼 수 없다는데
여름내 까맣게 태운 살빛들이
하얀 거품 속으로 씻기는 물길에
내려앉은 하늘과 바다

맞닿은 그곳에
마음이 물들고 있었을까
가을볕에 곱게 물드는 여자
나와 함께 가슴에 담고 싶다
함께 걸어도 왠지 쓸쓸하고 허전해

정든 이 떠나는 뒷모습을 바라보던
누군가의 가슴에 남은
연민을 가을이라 했나봐
귀뚜라미 우는 걸 듣고 있으면
그런 생각이 나

섬진강의 봄

청매실 무르익는 자궁 속으로
자우룩한 물안개 아우를수록
섬진강의 물빛 유유하네

은어들의 하얀 비늘도
세상 밖 꽃 봄처럼
반짝이는 은빛

속살까지 수줍게 분홍 지는
모래톱의 가쁜 호흡도
예사롭지 않은 물안개 속으로
성스럽게 파고드는 물길

남종면 가는 길

그 곳에 가면

아무 일도 일어나지 않을 것 같은
소박한 지붕 위에 하얗게 핀 박꽃
뜰 밖의 수련 꽃 물보다 맑은 듯
강 건너 산이 내려와 몸 푸는 가을 산
아기자기한 들꽃들 한결같은 마음 담고
사철 어우러져 사는 곳

마음을 내려놓는다

독도에 관하여

독도 키우는 바닷새
이 섬 저 섬 돌아보며
헛되지 않으려고 지문을 찍는 새
섬 바위 너머까지 챙챙 감아 뻗은
지혈의 뿌리 견고하다
몰아치는 파도에도 거침이 없는
영원한 독도
바위 틈새 비집고 쏙쏙
우리 민족답게 고개든 야생화
다부지게 햇살 당겨
일러 준 일 없어도
망울지고 꽃피워 냈다
넘보지 마라
뿌리 흔들지 마라
아무도 건드리지 못한다

욕지도 가는 길

동백꽃 피고 지는
큰 섬 작은 섬
새벽 노을 금빛 물들이는
물살

동백꽃 피고 지는
뱃고동 소리
가라앉혔던 삶의 진혼곡처럼
울린다

동백꽃 피고 지는
만년 고집으로
돌아앉은 무인도 철석거리며
파도가 소리쳐 부른다

동백꽃 피고 지는
명상하는 바다
한 척의 배

강동 예찬

허브공원에 올라 사방을 둘러보니
강동이 그득하고 아늑하네
뿌리를 내리며 한강 둔치로
달려오는 오아시스
진홍빛 허브 활짝 꽃피워내겠네
대대손손 이어받은 빗살무늬
응집한 선사의 하늘 무지개는
함성 높은 강동의 깃발이네

분주히 일구는 삶 속으로
태양은 빛으로 떠오르고
곳곳에 자리잡는 빌딩 숲
만삭이 되어 걸린 상현달 몸을 풀겠네
별빛 무수히 쏟아지는 생태공원
분만실 창가엔 달덩이 같은 아이를 업은
자작나무들 푸른 잎 휘날리고 있네
강강수월래 강강수월래

너의 노래

너의 노래 첫 소절은
이 세상에서
너만이 부를 수 있는
그 노래

귀뚤귀뚤
내 가락 속으로
휘모리하는
이 스산하고도 쓸쓸한
무언지 모를 정체

무엇이었을까
나뭇잎 아직도 푸르고
코스모스 꽃 지천으로
피어 올리는데

예민한 너는
나의 누구이기에
턱밑에 와서 이리
우는 것이냐

봄 이야기

그 밤에
소리 없이 곁에 와 쌓이는 흰 눈발
순백의 고요가 얼마나 깊은지
바람의 뿌리까지 묻히더라

휘파람처럼 스쳐가는 눈보라
휘감아 반짝이는 햇살 아래
흙의 체온 달이 차는
나뭇가지에 방긋이 걸린
한 단락 새싹 같은 봄 이야기

쫑긋쫑긋 삐죽삐죽
파릇파릇

계양산의 봄

순간인듯 눈보라가 적막함을 흔들어
우듬지 솟대를 깨우고
유유히 계양산 고개를 넘어갔다

아~ 이제야 돌아올 봄이 꿈을 꾸고 있구나
갑옷처럼 무겁던 동면기가 물소리로 풀려 귓가에
피어나는 아지랑이 온기를 따라
아장아장 물가로 나오는 버들강아지
조막손도 따끈해져 볼록볼록
살이 돋는구나

꾹 참았던 그리움으로 터지는
나는 진달래꽃
옛 성터에 붉게 피느니

봄맞이

봄내음이 겨울의 근육
구석구석 풀어내고 있는 중

웅크렸던 마음 반짝여주던 하얀 눈길
질척이는 길섶에

송곳니까지 웃는
소녀 입술까지 닿았네

머물러 산다는 것

겨울은 겨울로 가고
봄은 봄으로 오는
일상의 의미임에도
가끔은 아리게 눈길로 와
깊게 도려내는 공허
강물같이 불어 오르면
갈대의 노래를 부른다

어떤 심중

무료함에도 길이 있더냐고
그 간의 침묵에게 물었다

하나의 고리를 잡고 있던
태 안의 다짐이

물음표 아래
마침표를 찍었다

친구 생각

비 개인 맑은 하늘
한 무더기 흰 구름
어디서 이리 오는가

멀리 간 오랜 친구
마음 속 그리움처럼
흰 구름 타고 오네

깊은 곳에 그리움

천지간에 쌓이는 낙엽 헤치고
누가 오시려나

저녁노을 바라보는 들녘
바삭거리는 금잔디
콕콕 헤집어 보는
비둘기 총총걸음에 깊은 마음
알듯도 한

그렇게 가을이 깊어질수록
깊이 번지는 모두의
그리움인 걸

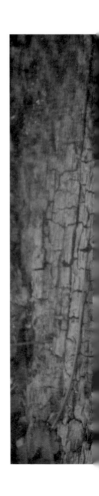

큰 섬 작은 섬 등에 업고

상생에 든 바다

이슬보다
먼저

2부

달항아리

이슬보다 먼저

달항아리

달을 사모하던 눈꽃이

달빛에 깃들어
도공의 손을 빌어 두 마음 맞추고
한 몸이 된 달항아리
자연 그대로의 넉넉함과 순정을 담고 있는
달항아리 눈부시지 않아도
묵을수록 고전의 놀라운 기품 돋보여
예각을 이루는 유려한 곡선
은은하고 고고해

달과 눈꽃의 전설

여운

사랑하고 싶던 날
다알리아꽃 담장너머 필 때
발돋움하던 휘파람 소리
그 여운을 안고

스무 살 나이를 다 내어주고 싶던
세상 모두가 너무나 신비로워
막무가내로 빠져들던 환상
두고두고 설레는 휘파람 소리

소통

입김으로 돌아오는 봄
손끝은 아직 맵지만
둔덕의 남루부터 지우려는
개나리꽃의 노란 의지

솟는 해를 업고
길을 내어주는 올림픽대로
어깨의 힘으로
핸들을 다잡고 함께 달리는
사람과 사람들

상생의 바다

바닷가 모래톱이
꾀여준 그물을 던지면
힘껏 당겨주는 바다

적막한 소란
하얗게 재우는 아침햇살
만선에 닿으면

푸른 비늘 그득그득 몰아주는
물너울 파도
쑤욱 밀어주는 아버지의 그물

큰 섬 작은 섬 등에 업고
상생에 든 바다

북

두드려라 두드려라
네 혼에 푹 빠지도록 떵떵 두드려라

네 깊은 속 끓이던 침묵도 쩡쩡 울리도록
소리내어 두드려라

삶을 어찌 다 말하리
어찌 삶이 아프지 않으리

질곡 뛰어 넘고 달려오는
기쁨을 불러오게나

떵떵떵 덕궁
떵떵떵 덕궁, 떵떵떵 덕궁, 떵떵떵 덕궁

다이아몬드 같이

고독은 공간의 분출이며
사색과 발상의 원천
또한 삶 속에 진행과 정리
쉼 없이 일렁이는 바다 같은 것

바람과 물결의 공유
공간 속의 공존은 부딪침의 충전
그놈은 가끔 암울한 침입자로 다가오는
상대하기 강한 존재지만
절대적인 존재 같은 것
나와 내가 빗나갈 때
원하지 않아도 빚어오는
삶의 주제 같은 것

끊임없이 제 몸을 깎아내야
제 빛을 낼 수 있는
천길 깊은 고독은
다이아몬드 같은 것

수종사·1

하늘의 구름인양
물 위에 구름인양
피어오르는 물안개
천상의 문이 열린 수종사
예불 중이다

앉아있는 주춧돌 수맥을 따라가 보면
자연의 순리를 더 깊이 알게 된다
어떻게 살아야 하는지 깨달아
송두리째 마음 들어내고 허물을 닦다가
그 맑은 풍경소리 닮지 못해
깜박 잠이 들었다

그새 단청으로 내려온 해님
눈이 부시다

수종사·2

산길에 야윈 고독
운무 자욱이 휘감는 깊은 고요가
그녀의 뒷모습이라고 운을 띄운
갈참나무는 산사의 이름답게
비에 젖고 있었다

고뇌를 밀어내듯
빗물을 떠미는 돌계단 넘어
질곡의 고리 자르고
봉오리처럼 접어오는
새 이름

읽어진 경전처럼
돌담 이끼들의 순한 문자
석탑을 돌아 좌선에 든 승녀
손을 모아 지닌 것을 모두
헹구고 있다

가을 정복

깊어가는
낙엽이 남기고

가는
여백 사이로

마지막
종소리 같은 홍시

이 가을이
정복한 고지의 성취인가

부디
명작으로 남길 바라네

갱년기

낙엽소리 스산해질수록
립스틱을 짙게 바르는 여자
화사한 꽃같이 자지러지게 웃다가도
어느 때는 온갖 고독을 모두 짊어진
여자같이 우울해 보이더니
이젠 마음을 닫았나보다

문 밖에 검버섯 돋는 후박나무
오십 고개 넘기기 불안하고 초조한데
열이 올랐다 내렸다 한다는 여자
몸살은 갱년기 우울증이란다

여유

짙게 물들던
봉선화 백일홍 채송화
푸르디푸른 여름 지나
주체할 수 없이 곱게 발효시킨
단풍 길 된서리 내려 스산해도
담 밑 화사하게 밝히는
노란 국화꽃의
여유

어느 별이 쓸쓸했나

가을 타는 나무들
한동안 몸살을 하더니
붉게 타다 남겨놓은 불씨같이
빨갛게 피어나는 꽃단풍
봄부터 여름내 흐드러지게
피는 꽃들이 마냥 곱다고
나뭇가지 흔들어 주더니
이제 함께 어울려서 넘어가는
가을 고갯길 풋풋한 배추밭에
쑥 뽑아 올린 호걸찬 무 밑둥
발이 저린데
어느 별이 쓸쓸했나
서리꽃이 하얗게 피었다

진풍경

강 둔치 바라보며
겨울 강 진풍경이라는
생각에 들다

문득, 내가 화가라면
무채색 만개한 허무 위에
붓질을 했을 것이야

찐 빨강이거나
혹은 화가의 이름이 될
색조에 파란 점을 찍거나

산사에서

햇님 따라 길 따라
신선한 말이 듣고 싶어서 가고 있다

하늘빛 흘러드는
성성한 나무 사이로
뿌리 깊은 길을 열고
달려오는 한 줄기 바람을
뛰어넘는 청설모
두 손을 모았다

몸보다 마음이 먼저 가는 절 마당
디딜 곳도 없이 총총히 피워 햇살 받고
앉아있는 샛노란 민들레꽃들
무게를 내려놓은 듯
푸른 산중에 하얗게 핀 작약꽃이
호수처럼 고요하다

풀잎 하나에도 무심치 않는
속 깊은 산사

수행 중

보리수나무 아래
조아린 홍싸리꽃
백팔 번뇌에도 꽃이 피느냐고
달맞이꽃이 물었다
햇살이 어깨를 툭 쳐 돌아보니
하얀 손 모은 망초꽃
묵언수행 중

가을 숲

진지함에 푹 안겨 있는
단풍 지는 길 걸으며
시를 쓰고 싶다거나
영화 속 장면을 떠올리거나

하늘의 한 부분을 노랗게 물들인
은행잎이 자화상을 그리거나
하얀 도화지 같은 벽이 보이는 창가에
오지게 물드는 단풍잎 아름답게 무늬를 짓거나
푸른 고집 삭혀낸 억새밭
흑백사진 한 장이거나

무엇에 무엇이 되고 싶었던
그 많은 잎들의 고유한 풍경 안에
함께한 삶이
물씬 풍겨오는 가을

침묵

노을 번지는 한강
들먹이는 물살 헤집고
가로등 불빛만 깊이깊이
강둑으로 박힌다

고정되지 않는 물살 빛을 흔든다

갈대숲 둥지 어린 새의 소리를
끌어안는 어미 새
접었던 날개 펴고 비상
준비 중

붉은 정점 던고서야

새벽이슬에 젖늘라

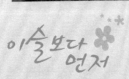

3부

시집 속에 넣고 싶은 사랑

이슬보다 먼저

수채화 같은 사람

시집에 넣어 두고 싶은 사람
끝까지 의무를 딛고 간 그 사람

친구들과의 우정도
이웃 간에 따듯한 사랑도
삶 뒤에 이야기로 들러나는 사람
생각보다 조문객이 많았다는 것을
공감할 수 있는 사람

길 위에 수채화 같은 그림 한 점 남기려고
그 사람은 그렇게 살았나 보다
가끔은 가슴 깊은 곳에
꽃 뿌리 드러내고 싶던 절실한 그리움도
묻고 있었으리

근접한 거리에서
다가갈 수 없는 먼 거리에
머뭇거리고 있었던
그 사람

첫눈

두 마음 모은
호숫가에
첫눈 내려

쌓이는
그대 순결
깊이

하얀 축복 머리에 쓰고
손잡고 발맞추는
웨딩마치

백자

백설이 황토에 녹아들어
살을 빚은 귀골백자

마침내 귀의歸依하여
흰 구름 뼛속까지 머물다 가는 자리

비바람 돌려놓고 번개마저 잠재워
기어이 읽히는 맑은 하늘

선운사 상사화

늦더위 끝나갈 무렵
가을비 소란스레 오는 9월이면
단풍잎 깃드는 선운사
삐죽삐죽 열병 도지는 꽃
무릇 일편단심 붉은 감옥
풀벌레 울어대는 밤이면
저 홀로 가는 시간조차 사슬
감기는 상사화
붉은 정점 딛고서야
새벽이슬에 젖는다

홍매화

고 하얀
젖무덤 속
언약처럼 가시 달고
다가감에 돌아서는
초유의 사랑

너 만의 내밀한 속내
시인은 안다

매섭게 휘몰아치는
눈보라 속에 홀로 앉아
꽃을 피우는 붉은 절규
설산에 설음인양
고요한 산정에

수국

어머니 그림자 드리운
옹달샘 두런두런 수국꽃
어머니 소망처럼 맑아서
회오리바람도 돌아서 가네

새벽 도량 돌아오는
청산이 귀의하는 목탁 소리
새소리 물소리
어머니 기도 소리

행복한 눈물

상큼한 아카시아 꽃향기 무심하고
햇살 자지러지는 꽃 덤불에
온몸 뒹굴어 봐도 시들한 것 뿐

오래 두었던 꽃화살 하나 관통하고 싶다
그리운 이 거기 있어 방향을 틀면
신명나는 징소리 거기에 일렁이고 있었지

풀밭에 엉겅퀴의 생애라도 좋으리
노을에 그늘지던 이면
더 반기우리

내 안으로 성큼 들어서는 이
행복한 눈물이어서
끝 소절까지 흐느끼리

윤동주님께 보내는 편지

두루두루 살피는 생가에서
뭉클뭉클 두드리는 유한遺恨은
지층으로 울립니다

옥수수처럼 머리 푼 문혼들
일렁이는 텃밭에 코스모스 연연하듯
창백했을 님의 얼굴 생각하니
분노가 치밀어 오릅니다

나라 사랑
온몸으로 저항하였을 담력 큰
님의 자취
의지 깊은 혈기 따라

이슬비로 젖는 가슴들이
무리무리 우물가로 울타리 되어
님의 자화상
영원히 기릴 것입니다

잔혹한 비행 위에 한맺힌 혼
울 밑에 핏빛 봉선화
가슴으로 파고드는
광복절 노래를 외쳐 부르며

돌아오는 길목
풀숲에 우직이 앉은
그때 나이만큼의 청년 송아지
임의 환생일 것입니다

답하여 싸리문에 태극기 휘날리겠습니다

승무

옥구슬 씻어 놓은 듯
맑음이 넘쳐서 푸른빛 이마
고물처럼 남은 검은 머리
밀어낸 사연 들어
하늘을 날듯 춤사위 돌아
혼불처럼 발갛게 달아오르는
두 볼에 사위어 내는 가슴
하얀 옷자락 살포시 보듬어
황촛불에 소지처럼 태워
몸으로 감기는 여운
무언의 마음 젖어 흐른다
숨죽이며 숨을 불러 딛는 발 디딤
하얀 종이 위를 학처럼 사뿐히 걷는다

성묘

담담이 내리는 눈발이
세월 되짚어 가는 발목
꼭 잡아주는 하얀 눈길
미끄러지며 이르는 곳
그 어른 사는 곳이라

심장 뛰는 골짜기마다
하얗게 쌓인 깊은 고요가 눈뜨자
침묵에 들었던 산과 들
뒤척이며 불어내는 입김
방울방울 봄 방울

산사나무 꽃잎 휘날리는 화사한 능선
훤히 내려다 뵈는 언덕 위에
금관 쓴 그대 봉분
그윽이 바라보는 할미꽃
하얀 머리 솜털처럼 보드랍다

어머니의 생각

베레모를 쓰고
지나가는 군인들을 바라보면

어머니 생각이 난다
아들을 못 낳아서
국가에 미안한 죄인이라며
회갑잔치도 못하게 하셨고
훌륭한 어머니 상도 받을 자격이 없다고
거절하시던 어머니
돌아가신 지도 꽤 오래인데
어머니의 마음으로
그들의 건장하고 씩씩한 모습을 보니

대견스럽고
든든해 보였다

가을연가

그 얼마간의 이별
가을은 그런 것이었어

삶 속에 비껴있던 그리운 것들이
되돌아오고 되돌아가는
기쁨도 슬픔도 아닌 사이 미완의 유정 같은 것
담 밑에서 긴 그림자 짓던 코스모스
필 때나 질 때의 연민 같은 가을
물들어갈 무렵 뜨겁게 사랑했나
몸을 대고 품으려는 애틋한 몸짓
베개 밑에 바스락거릴 때

이 한 몸 머무는 한 칸에서의
가을연가

불황

저항하지 못한
겨울 강 둔치 남루하다
지독한 독감에 걸린 얼음장 속
가래 끓는 소리
강 건너 벽과 벽 사이 우울한 그늘을
지우는 햇살 강해지려고
담쟁이 발 꾹 밟았다
푸드득 푸른 기억 되돌렸나
긴장 풀린 듯
한줄기 바람
살갗에 닿는 감촉 살갑다

다짐

제 몸 가누지 못해
쓰러지는 겨울 강가에
홀로 서 있어도

눈보라 매섭게 휘몰아쳐도
홀연히 날아가는
갈대꽃 홀씨

두려움이 없다
영혼의 뿌리만 깊을 뿐이다

결국 나였지

들어주는 이 있어
두 손을 모아 흔들리지 않게
바람을 밀어내지

더러는 기쁨으로 더러는 아픔으로
소진하는 시간 속에
처마 밑 용트림 짖던 냉기마저
온몸으로 녹여냈지

정수 물
맑음에 무릎 꿇고
모진 바람 다 재웠지

소묘

오지게 익어가는
진정한 가을볕에
한 마음 거두고 걸어 보는
단풍길

흰머리
날리는 갈대숲
낙엽 지는 가로수
얼룩진 잎새

한 세월
짙은 무늬 쥐고 있는
내 손 안에
손금들

아기 눈송이

하늘 소식 쥐고 온
송이진 눈꽃
땅에 어머니가 받아
하얗게 덮는 흰 천을 펴서
젖을 물릴 때
하늘에 안부를 물었다

생긋이 웃을 줄도 아는
눈송이
세상을 온통 밝히다 못해
눈이 부시다

꽃의 무늬

내 이름
흰 꽃무늬였음 좋겠네

희고도 명명한 꽃향기
마음에 차오르면

천지 간에 부려놓고
맑음으로 오는 흰 구름

아름으로 안은
내 이름 걸린 무지개

푸른 내음 은유처럼
너울대는 안개 숲 휘어감고

휘파람 불듯이
신나게 불었으면 좋겠네

똑이 터져라 불렀다

방방곡곡에 만세 만세

이슬보다 먼저

4부

꽃을 만나면

이슬보다 먼저

하지 장미

해의 심지가 깊어질수록
짙어지는 들장미

그 발랄한 용기 가시밭 딛고
담 너머 보는 일 잦을수록
목선 길어지는 허리
발끝에 허방한 그늘도 있다는 거 알까
저 단순한 불꽃 강렬한 순결

함부로 꺽지 마라
가슴으로만 품어라

꽃 덤불

한 발 한 발 내딛는 공간
층마다 꽃밭이 되었다
촉촉이 비가 내리고
이슬이 보석처럼 반짝여도
진화의 비밀은 꽃의 뿌리만이 알 일이지

햇살이 꽃의 그림자를 진종일
따라다닌 건 누구나 다 아는 사실
무언가 보이지 않는
생의 철창을 기어오르는 줄기 끝 새순
꽃 덤불은 진화라는 수식어이다

3월

목련 피어나는 흰 그늘에
노란 봄볕이 날아오른다
전생을 돌아온 이야기를
듣고 싶은 아른한 봄날

갓 태어난 아기울음 소리에선
개나리꽃 피어나고
처마밑에선 자글자글
제비 입 벌리는 소리

산과 들에는 겨울나무
튼살 뒤트는 된 소리
진달래 붉게 터지는 진통 소리
앞서 오는
그해 삼월
목이 터져라 불렀다
방방곡곡에 만세 만세

산딸기

산길 따라 산딸기
뿌리만큼 뻗어가는 줄기
마디마디 꽃이 피고 지더니
꽃 진 자리 탯줄 모음 풋딸기

키 큰 나뭇잎 사이로
발돋움하여 햇살에 살찌우고
이슬에 말갛게 몸 닦아 낯을 익히더니
빨갛게 생기 도는 숲속

다람쥐 신이 나나보다
나무를 타고 단숨에 뛰어오르다
순간 나를 보는 까만 눈동자
대낮에도 불을 켠다

걱정마라 너의 발 헛디딜까
내가 더 가슴 조린다

민들레

키 크고 목대 긴데 비하랴
차돌 같은 민들레

길가를 제 집처럼
자리잡고 앉아 있는

노란 마음 민들레
꽃답게 야물게 피어서

홀씨 되어 날아가는 넘치는 자신감
언제 보아도 힘이 나지

이심전심 민들레
꽃 사랑 길 카페

검단산 진달래

남한강 수양버들이 찰방찰방
물길을 드나들 때마다
물안개가 입소문을 데우더니
달이 차는 검단산 진달래

산등성이마다
무디고 더딜 것만 같던
긴 허무를 빠져나오는 물소리에
봄이 왔네

발랄한 여자의 빨간 립스틱처럼
꽃잎에 앉아 꼬리를 흔드는 산들바람아
우직한 사내 가슴에도
꽃이 피는가 보다

상수리나무 정수리에 우르르 날아든
새들의 부리에도 꽃물이 드는구나

목련·1

기다림의 골목길
찾아오는 아지랑이

한들한들 함께 오는
봄 햇살

오롯이
태반을 돌아오는
목련꽃

가지마다
하얀 소망
다 이루었네

목련·3

선달그믐
밤을 지나던 달빛이
목련 가지에
바람 잠재우는 걸
보았네

어느 날은
잇몸을 오물거리고
어느 날은
두 손을 모아 쥐고
배냇짓하며
목련이 피기까지

태반의 소망
온 몸으로 받들고 있었네

등꽃

그대의 진실로
그대 등 뒤 등불이 될래요
의지만큼 뻗어내는 줄기
보듬고 피어나는
꽃등 될래요

지성으로 땡볕 그늘 모아
꽃피움을 이루게 하는 그대
그대만의 진정한 사랑
오로지 섬길래요

서투른 표현이
그대의 사랑이어서
끈임 없이 엮어가는
속정 깊은 그대

이를 데 없이 빛나는
별들의 사랑도 깊어가는 시간
그대 등 뒤에 피어나는 보랏빛
등꽃이 될래요

찔레꽃

더 푸르고 짙게 살고
저 너울지는 숲 속
생의 한자리

꽃 피우기 위해
스스로 짖는 가시덤불
찔레꽃

자아만큼이나 지존 있어
가시 돋던 인고의 줄기마다
꽃으로 피어나

알알이 짓는 열매
성숙만큼 붉어질 때
비상하는 맑은 영혼

능소화

한창이구나 능소화
모퉁이 돌아 울을 넘는 여자
주홍빛 물든 가슴 그어대고
사랑함으로 맞은 된 바람
시리고 저려도
겉치레 훌훌 벗어던진 여자
진심을 어쩌랴
그대들!
진 소문, 남의 일이라고
아작아작 씹지 말아요

황홀한 불꽃이라 불러주세요

수련

전생을 돌아온
수련꽃

삶의 무게만큼
떨어지는 진동 위로
피어 오른 수련꽃
세상은 무거워도
제 몸은 가볍다고

물 위에 동동 뜨는
수련꽃

모란

봉오리 지을 때부터
마음에 두고 있었으니
나비가 될 수밖에요
황홀함에 취한 나비

꿈에 든 꽃의 궁전
레드와인을 마시듯
아주 조금씩 다가가
꽃잎 베어 물때

절정을 이루는
모란꽃 환영

동백꽃

그대로 하여금
사랑은 사랑 밖에 알 수 없는
기꺼운 고통 행복이어서
섬 하나 가슴에 품고 산다

스스로가 아니면 타성으로
흘러가고 마는 시간들의 고백
거품 물고 달려드는
파도의 매질도 이골 나
끌어당기는 팽팽한 고요가
몸부림치는 바다

등대
그늘에 뿌려지는
동백꽃 잔영의 노래
물 허리 휘감고 제 살 풀어
피어나는 동백꽃은
동백섬에 사느니

대리만족

공허한 날엔
허공을 축구공처럼 뻥뻥 차보자
박지성을 최고로 좋아하는 손자 놈이
축구공을 차다가 유리창을 깨트렸다고
이만오천 원을 달라기에
두말 않고 주었다
너라고 그러고 싶을 때 없겠니

엄마 딸

엄마 생각 못 미치는 딸
당연하다고 인정하면서
이해되지 않는 엄마 마음

사랑으로 키우지만
미울때 더 내 딸 같은 딸
간섭하지 말라며 그림자 같이
쫓아다니는 딸

느낌 통하지 않는다고 투정하면서
엄마 없이 못 산다고 매달리는 딸
내 어머니를 내가 이어가듯
엄마를 꼭 닮은 내 딸

내가 어머니에게 그랬듯이
나를 꼭 닮은 내 딸

태

실핏줄 단단히 움켜쥔 태중 아이
울음과 웃음이 교차하는 양 손에
선명하게 그어진 빛살무늬 손금 쥐고
선사보다 먼저 태어났다

육천년 아롱진 태실 가득 담고 있는
암사동 선사유적지
구릉진 둔덕에 유심히 서서
떠올리는 먼 길부터 돌아오는 선사

무궁화나무 꽃을 피우고
먹거리 산란하는 맑은 강가에
궂은 몸 씻어내던
수만 갈래의 선사 가지들

인류사를 기록하던 이 삶터에
심장 뛰던 뼈와 살을 묻은 과거와 미래
함께하는 선사마을 유적지
해 뜨는 강동에 있다

아름다울 때

욕망을 질타하는
또 다른 파도
푹푹 밟고 간 모래 축을
씻어내는 모래의 잔잔한 집은
성보다 높은 이상의 집이었다
밤새워 묻히던 바다 안고
파란 몸을 뒤척이는
평온한 아름다움

아리랑을 함께 부르자

우리 온기로 풀자
우리라는 사이로 벽과 벽
냉담의 그늘 물이란 물
결빙과 경직도 풀어서

순하게 뻗어오는 봄 줄기에
맺히는 봉오리로 우리 서로 닿을 때
노랗게 피어서 남루한 둔덕 밝히는
꽃등으로 만나자

벙긋벙긋 열리는 자유로
너와 나 만나는 기쁨, 그 기쁨을
개나리 진달래꽃 가득 피운 꽃밭에서
얼싸안고 아리랑을 부르자

삶에서 추출하는

진정한 사유의 흐름을

이슬보다 먼저

친자**연**의
서정시학과
그 진실

이슬보다 먼저

이슬보다 먼저

친자연의 서정시학과 그 진실
-김순자 시집 『시집 속에 넣고 싶은 사람』

김 송 배 (시인, 한국문인협회 부이사장)

1. '나'의 내면에서 인식하는 삶

현대시에서 화자話者가 작품의 주인공으로서 상황을 설정하거나 스토리(story)를 전개하는 경우는 허다하다. 여기에는 화자가 인칭대명사로서 '나' 또는 '너'의 보편적인 정서의 흐름이 상호 대칭이거나 아니면 독자적으로 다양하게 표현되는 작품을 흔하게 대할 수가 있다.

이러한 경우에는 '나'라는 화자는 상당한 호소력이나 흡인력吸引力을 내포하고 있어서 많은 시인들이 상용常用하기도 하는데 이를 자칫 잘못 사용하게 되면 그 시인의 독백으로 떨어져 버릴 염려도 배제할 수 없을 것이다.

왜냐하면 '나'라는 화자가 어떤 어조語調(tone)로 이미지를 창출하느냐에 따라서 그 화자는 공적인 것이 되어 공감을 획득하지만, 그렇지 못하고 그 시인의 자기 스토리나 관념으로 표현된다면 그 시인의 넋두리로 변질되고 마는 위험요소가 있어서 상당한 주의가 요망되기도 한다.

여기 김순자 시집 『이슬보다 먼저』의 원고를 일별하면서 이와 같은 기우杞憂에 먼저 젖는 것은 이러한 화자의 남용濫用이 없이 객관성을 유지하면서 작품을 구성한다는 좋은 면을 발견했기 때문이다.

> 들어주는 이 있어
> 두 손을 모아 흔들리지 않게
> 바람을 밀어내지
>
> 더러는 기쁨으로 더러는 아픔으로
> 소진하는 시간 속에
> 처마 밑 용트림 짖던 냉기마저
> 온몸으로 녹여냈지
>
> 정수 물
> 맑음에 무릎 끓고
> 모진 바람 다 재웠지

이 작품 「결국 나였지」 전문에서 알 수 있듯이 '나'에 대한 인식으로 자아自我와 존재의 문제를 깊게 성찰하고 있다. '나'를 정점으로 하여 '소진하는 시간 속에'서 접맥接脈하는 우리 인간들의 칠정七情(喜怒哀樂愛惡慾)에서 분사噴射하는 온갖 상황들이 김순자 시인의 정서와 사유思惟를 '처마 밑 용트림 짖던 냉기마저 / 온몸으로 녹여 냈지' 라거나 결론적으로 '정수 물 / 맑음에 무릎 끓고 / 모진 바람 다 재웠지' 라는 어조로 자인自認하고 있는 것이다.

> 상큼한 아카시아 꽃향기도 무심하고
> 햇살 자지러지는 꽃 덤불에
> 온몸 뒹굴어 봐도 시들한 것 뿐
>
> 오래 두었던 꽃화살 하나 관통하고 싶다

그리운 이 거기 있어 방향을 틀면
신명나는 징소리 거기 일렁이고 있었지

풀밭에 엉겅퀴의 생애라도 좋으리
노을에 그늘지던 이면
더 반기우리

내 안으로 성큼 들어서는 이
행복한 눈물이어서
끝 소절까지 흐느끼리

　여기 「행복한 눈물」 전문에서도 우리는 '꽃향기도 무심하고'
'햇살 자지러지는 꽃 덤불'과 '온몸 뒹굴어 봐도 시들한 것 뿐'
이라는 시적 정황(situation)은 김순자 시인의 심저心底에서 무엇인
가 새로운 '나'를 탐구하는 일련의 심경心境의 지향점을 탐색하고
있다.

　그는 '오래 두었던 꽃화살 하나 관통하고 싶다'는 심정을 기원
으로 분출하고 있다. 이것이 '그리운 이'와 '신명나는 징소리'라
면 '풀밭에 엉겅퀴의 생애라도 좋으리 / 노을에 그늘지던 이면 /
더 반기우리'라는 수긍首肯의 어조에서 확인할 수 있게 한다.

　또한 그는 '내 안으로 성큼 들어서는 이 / 행복한 눈물이어서
/ 끝 소절까지 흐느끼리.'라는 결론적인 심정의 정리로 그의 '행
복한 눈물'은 하나의 활력소로 작용하는 시법에서 우리는 감동
을 공유共有하게 된다.

　이 밖에도 '어느 날 지쳐서 / 설령 답이 써질지 모른다 해도 /
나는 내일을 맞이할 것이며 / 하루의 칸을 가득 채운다(「어느 것에
대하여」 중에서)'거나 '맞닿은 그곳에 / 마음이 물들고 있었을까 /
가을볕에 곱게 물드는 여자 / 나와 함께 가슴에 담고 싶다(「그런 생

각이 나·2」 중에서)' 그리고 '바람과 물결의 공유 / 공간 속의 공존은 부딪침의 충전 / 그놈은 가끔 암울한 침입자로 다가오는 / 상대하기 강한 존재지만 / 절대적인 존재 같은 것 / 나와 내가 빗나갈 때 / 원하지 않아도 빚어오는 / 삶의 주제 같은 것(고독은 다이아몬드 같은 것」 중에서)'이라는 그의 자의식自意識(self consciousness)에서 창출하는 이미지들은 그가 현재의 상황에서 '삶의 주제'를 좀더 명민明敏하게 추적하는 시적 진실을 이해할 수 있다.

2. 삶과 사랑의 소통 그 '진풍경'

김순자 시인은 그의 서정시학에서 우리의 삶과 밀접한 실생활(real life)에서 감응感應하는 정감情感의 발현이 명징明澄하게 나타나고 있는데 이는 그가 평상심에서 깊이 간직한 천성적天性的인 성품과도 관련이 있을 것으로 생각된다.

왜냐하면, 그가 착목着目하는 사물의 시간적 공간적인 형상뿐만 아니라, 거기에 투영하는 관념적 이미지들도 그의 삶에서 추출하는 진정한 사유의 흐름을 이해할 수 있기 때문이다.

그가 '내가 앉아있는 주춧돌 수맥을 따라가다 보면 / 자연의 순리를 더 깊이 알게 된다'는 자각自覺은 바로 김순자 시인의 의식에서 분사하는 자연 순리에 대하여 심도深度 있는 지적인 방향설정이라고 할 수 있다.

이것이 곧 '어떻게 살아야 하는지 깨달아 / 송두리째 마음 들어내고 허물을 닦다가 / 그 맑은 풍경소리 닦지 못해 / 깜박 잠이 들었다(이상 「수종사」 중에서)'는 그의 사유에는 삶보다 더 진한 정감의 언어가 항상 그와 동행하고 있음을 알 수 있게 한다.

> 사랑하고 싶던 날
> 다알리아꽃 담장너머 필 때
>
> 발돋움하던 휘파람 소리
> 그 여운을 안고
>
> 스무 살 나이를 다 내어주고 싶던
> 세상 모두가 너무나 신비로워서
>
> 막무가내로 빠져들던 환상
> 두고두고 설레는 휘파람 소리
>
>   － 「여운」 전문

> 입김으로 돌아오는 봄
> 손끝 아직은 맵지만
>
> 둔덕의 남루부터 지우려는
> 개나리꽃의 노란 의지
>
> 솟는 해를 업고
> 길을 내어주는 올림픽대로
>
> 어깨의 힘으로
> 핸들을 다잡고 함께 달리는
> 사람과 사람들
>
>   － 「소통」 전문

　김순자 시인의 서정성은 이 두 편의 작품에서 여실如實하게 엿볼 수가 있는데 시의 위의威儀와도 연관되는 시법이 그의 시학을 더욱 승화하고 있다. 이러한 그의 '여운'은 바로 '사랑'임을 알 수 있다. 그것이 휘파람 소리의 환상에서 그가 감응한 '세상 모

두가 너무나 신비'로운 정경情景에서 생성하는 진실이다.

또한 이와 같은 중심에는 항상 '나'라는 존재의 근원에서 창출되는 속깊은 관념에서 '소통'하려는 그의 시적 원류를 이해할 수 있는데 이는 '개나리꽃의 노란 의지'와 '솟는 해를 업고 / 길을 내어주는 올림픽대로 // 어깨의 힘으로 / 핸들을 다잡고 함께 달리는 / 사람과 사람들'과의 '소통'이 우리의 삶과 상호 교감을 이룰 때 우리의 공감은 그 영역이 확대되는 것이다.

그는 다시 '겨울은 겨울로 가고 / 봄은 봄으로 오는 / 일상의 의미임에도 / 가끔은 아리게 눈길로 와 / 깊게 도려내는 공허 / 강물같이 불어 오르면 / 갈대의 노래를 부른다.(「머물러 산다는 것」 전문)'거나 '무료함에도 길이 있더냐고 / 그 간의 침묵에게 물었다 // 하나의 고리를 잡고 있던 / 내 안의 다짐이 / 물음표 아래 / 마침표를 찍었다(「어떤 심중」 전문)'는 그의 인식 단정은 그에게 내재된 순수 서정의 발현을 위한 의식의 흐름이라고 할 수 있다.

김순자 시인에게는 '수채화 같은 사람'이 그의 정서에서 그리움과 사랑의 매체媒體로 작용하면서 그의 시정詩情을 상승하는 효과를 거두고 있다. 그것이 '친구들과의 우정도 / 이웃 간에 따뜻한 사랑도 / 삶 뒤에 이야기로 들어나는 사람 / 생각보다 조문객이 많았다는 것을 / 공감할 수 있는 사람'이다.

이 밖에도 그는 「어머니의 생각」, 「엄마 딸」등에서 진솔한 사랑을 노래하고 있어서 그의 서정에는 항상 자연현상과 더불어 우리 인간의 문제가 긴밀한 소통을 이루고 있음을 알 수 있게 한다.

강 둔치 바라보며
겨울강 진 풍경이라는

생각에 들다

문득
내가 화가라면
무채색 만개한 허무 위에
붓질을 했을 것이야

찐 빨강이거나
혹은 화가의 이름이 될
색조에 파란 점을 찍거나

　그는 「진풍경」 전문에서 적시하듯이 우리들의 삶이나 자연의
풍광風光이 김순자 시인이 관조觀照한 시공時空의 관점觀點에서 다
양한 시법으로 현현되고 있어서 '내=화가' 라는 깊은 관념에 침
잠沈潛하게 된다.

3. 친자연적인 교감, 꽃과의 대화

　김순자 시인의 특징은 누구에게서나 접목할 수 있는 일반 자연
에서 교감하는 보편적인 응시를 통해서 작품을 형상화한다는 점
이다. 우선 그는 화훼花卉에 대한 관심이 지대하다. 그가 응시하거
나 관조한 화훼류는 지천으로 피어 있는 만유萬有의 꽃들에게서
정감으로 포괄하는 이미지는 다양하게 형상화하고 있다.

늦더위 끝나갈 무렵
가을비 소란스레 오는 9월이면
단풍잎 깃드는 선운사
삐죽삐죽 열병 도지는 꽃 무릇
일편단심 붉은 감옥

풀벌레 울어대는 밤이면
저 홀로 가는 시간조차 사슬에
감기는 상사화
붉은 정점 딛고서야
새벽이슬에 젖는다

- 「선운사 상사화」 전문

제 몸 가누지 못해
쓰러지는 겨울 강가에
홀로 서 있어도

눈보라 매섭게 휘몰아쳐도
홀연히 날아가는
갈대꽃 홀씨

두려움도 없다
영혼의 뿌리만 깊을 뿐이다

- 「갈대의 다짐」 전문

　우선 이 두 편의 작품에서 감지感知할 수 있는 것은 시적인 상황이 모두 자연 서정에서 취택한 소재라는 점이다. 이 꽃들이 간직하고 있는 이미지가 우리들과 접맥하려면 시각적으로 아름다움을 전하는 언어가 필요하다.

　김순자 시인의 시각에는 미학적인 관점에서 인간과 교감하는 상황 설정과 전개는 더욱 공감을 확산하게 되고 우리를 흡인吸引하는 정감을 유로流路하게 하다. 이러한 현상은 자연이 우리에게 제공하는 상생相生의 한 부분도 있겠지만, 상사화나 갈대꽃의 생리적인 식물성에서 순정적인 이미지를 확인하게 된다.

　그는 시적 공간을 '선운사'와 '겨울 강가'로 설정하고 '단풍잎'과 '눈보라'라는 시간성을 대입시켜서 절묘하게 작품 전체의 전개를 시도하는 서정적인 감성感性(sensibility)이 김순자 서정시학의 정점을 형성하고 있다.

또한 그는 결론에서 '붉은 정점 딛고서야 / 새벽이슬에 젖는다' 거나 '두려움도 없다 / 영혼의 뿌리만 깊을 뿐이다' 는 단정적인 어조는 그만큼 그의 사유나 상상력에는 현대 서정시에서 여망하는 시학이나 시론의 원점이 되는 것이다.

김순자 시인의 서정시는 우선 표현에서 그 간명簡明한 어법語法이 남다르다. 이는 언어의 조탁彫琢을 생명으로 하는 시의 위의나 시 정신에 부합附合하는 그의 숙성된 시법으로서 독자들의 감도感度가 상승될 것으로 예상된다.

> 전생을 돌아온
> 수련 꽃
>
> 삶의 무게만큼
> 떨어지는 진동 위로
> 피어오른 수련 꽃
> 세상은 무거워도
> 제 몸은 가볍다고
>
> 물위에 동동 뜨는
> 수련 꽃

이 작품「수련」처럼 그의 언어는 간결하면서도 함축된 의미가 시적 마력魔力을 적시하고 있는 그만의 시법이다. '전생' 이나 '삶의 무게' 라는 어휘語彙에서 짐작하게 되는 것은 그의 내면에 잠재한 서정적인 심성을 이해하게 한다.

한편 작품「모란」에서도 '봉오리 지을 때부터 / 마음에 두고 있었으니 / 나비가 될 수밖에요 / 황홀함에 취한 나비 // 꿈에 든 꽃의 궁전 / 레드와인을 마시듯 / 아주 조금씩 다가가 / 꽃잎 베

어 물때 // 절정을 이루는 / 모란꽃 환영'이라는 그의 순정성이
돋보이는 서정시이다.

이 밖에도 작품 「능소화」, 「꽃덤불」, 「동백꽃」, 「검단산 진달
래」, 「등꽃」, 「홍매화」, 「찔레꽃」, 「수국」, 「민들레」, 「산딸기」,
「목련」, 「하지 장미」 등등에서 그가 심취하거나 탐색하려는 꽃들
과의 화해를 음미吟味할 수 있게 하고 있다.

4. 시간성과 접맥하는 서정시학

이와 같은 김순자 시인의 서정시학은 다시 계절적인 시간성과
불가분不可分의 관계가 성립한다. 그는 우선 봄과 가을에 대한 심
취心醉로 그 향기를 발산發散하고 있는데 이는 우리가 살아가면서
어쩔 수 없이 수용해야 하는 자연 섭리의 정취情趣에서 창출하는
이미지들이 다양하게 발현하고 있음을 간과看過할 수 없기 때문이
다.

이렇게 인간의 정서는 시간(혹은 세월)과 동행하면서 형성하는
사물들의 변화와 그 흐름에 대해서 많은 사유를 통한 상상력의
재생은 우리 시인들에게서 심적변화도 새롭게 지향점을 설정하는
중요한 역할을 하게 되는 것이다.

> 가을 타는 나무들
> 한동안 몸살을 하더니
> 붉게 타다 남겨놓은 불씨같이
> 빨갛게 피어나는 꽃단풍
> 봄부터 여름 내내 흐드러지게
> 피는 꽃들이 마냥 곱다고

나뭇가지 흔들어 주더니
이제 함께 어울려서 넘어가는
가을 고갯길 풋풋한 배추밭에
쑥 뽑아올린 호걸찬 무 밑둥
발이 저린데

어느 별이 쓸쓸 했나
서리꽃이 하얗게 피었다

이 작품 「어느 별이 쓸쓸했나」 전문에서 흡인할 수 있는 것은 사계절에 대한 이미지를 동시에 현현하는 시간적인 변전變轉을 탐색하면서 주제에 접근하고 있다. 김순자 시인은 대체로 자연 사물을 시각적으로 착목하면서 변화하는 그 모습에서 이미지[心象]를 창출하는 시법을 중요시하고 있다.

그는 '가을 타는 나무들' 과 '빨갛게 피어나는 꽃단풍', '가을 고갯길 풋풋한 배추밭', '꽃', '나뭇가지' 그리고 '별' 과 '서리꽃' 등으로 시각적인 이미지의 합성으로 사계절의 여운을 형상화하고 있다.

이처럼 봄에 대한 그의 언어는 '갓 태어난 아기울음 소리에선 / 개나리꽃이 피어나고 / 처마 밑에선 자글자글 / 제비 입 벌리는 소리(「3월」 중에서)'로 청각적 이미지를 투영하는가 하면 '휘파람처럼 스쳐가는 눈보라 / 휘감아 반짝이는 햇살 아래 / 흙의 체온 달이 차는 / 나뭇가지에 방긋이 걸린 / 한 단락 새싹 같은 봄 이야기(「봄 이야기」 중에서)'와 같이 봄에 관한 시간성과 융합하는 작품들을 많이 대할 수가 있다.

이 봄에 대한 형상화는 작품 「봄밤이 초조하다」, 「봄맞이」, 「계양산의 봄」, 「섬진강의 봄」 등등에서 한 폭의 풍경화를 감상하는 것 같은 그 시간적인 풍광에서 생성시키는 서정의 물결이

아름답게 창조되고 있다.

> 그 얼마간의 이별
> 가을은 그런 것이었어
>
> 삶 속에 비껴있던 그리운 것들이
> 되돌아오고 되돌아가는
> 기쁨도 슬픔도 아닌 사이 미완의 유정 같은 것
> 담 밑에서 긴 그림자 짓던 코스모스
> 필 때나 질 때의 연민 같은 가을
> 물들어갈 무렵 뜨겁게 사랑했나
> 몸을 대고 품으려는 애틋한 몸짓
> 베개 밑에 바스락거릴 때
>
> 이 한 몸 머무는 한 칸에서의
> 가을연가

　여기 작품 「가을연가」 전문에서도 봄과 마찬가지로 그의 서정은 '삶 속에 비껴있던 그리운 것들'이 시의 주제로 현현하고 있다. 사실 봄의 이미지가 탄생과 새로운 희망의 창조라면 가을의 이미지는 어쩐지 약간 고독한 심정의 발현으로 이별과 그리움 등으로 사랑을 대칭적으로 묘사描寫하는 시법을 많이 대하게 된다.

　김순자 시인의 '가을연가'도 이러한 그리움을 재생하는 사랑의 진폭을 예감할 수 있는 그의 언어들과 화법話法이 공감을 유발시키는 시적 효과를 잘 나타내고 있어서 가을의 고독과 동시에 생성하는 사랑의 고뇌가 연가로 변전하는 심중心中을 읽을 수 있게 한다.

　이 가을에 대한 어조도 작품 「갱년기」, 「소묘」, 「가을 정복」 등에서 그의 진정한 내면 풍경을 짐작할 수 있게 한다. 또한 작품 「첫눈」의 겨울 이미지에서 '첫눈'은 '그대 순결'이며 '하얀 축복 머리에 쓰고 / 손잡고 발맞추는 / 웨딩마치' 라는 은유적 문장의 처리는 간명하면서도 그 이미지가 살아 숨쉬는 정감을 이해하게 된다.

김순자 시인은 완벽한 서정시인이다. 그의 서정시학은 단순하게 자연 사물에 심취해서 정감적인 언어로 형상화하는데 그치는 것이 아니라 이 자연에서 재발견하는 만유의 생리적인 현상을 자신의 시학으로 승화하는 친자연 시인이라고 할 수 있다.

그러나 시는 아름답기만 해서는 안 된다. 사람의 마음을 뒤흔들 필요가 있고 듣는 이의 영혼을 뜻대로 이끌어 나가야 한다는 호라티우스의 시론을 경청傾聽해서 시 창작에 참고하면서 숙명적인 과제의 해법을 찾는 일도 항상 염두에 두어야 할 것이다. 시집 출간을 축하한다.

인지생략

이슬보다 먼저

Over a Wall
Poetry
20

2014년 10월 23일 초판 1쇄 인쇄
2014년 10월 31일 초판 1쇄 펴냄

지은이 | 김순자

펴낸이 | 송계원
디자인 | 송동현 한상욱 정선
사 진 | 김상경 송동현
펴낸곳 | 도서출판 담장너머
등 록 | 205년 1월 27일 제2-4102
주 소 | 100-272 서울시 중구 퇴계로36나길 19-13, 105호
전 화 | 02-2268-7680
팩 스 | 02-2268-7681
휴대폰 | 010-8776-7660
이메일 | overawall@hanmail.net
카 페 | http://cafe.daum.net/overawall

2014 ⓒ 김순자

ISBN 89-92392-35-8 03810
값 8,000원